COLLECTION DU COMTE DE L***.

TABLEAUX

ANCIENS

VENTE

Le Mercredi 15 *Avril* 1868

—

EXPOSITIONS:

Particulière: *Le Lundi* 13 *Avril* 1868

Publique: *Le Mardi* 14 *Avril* 1868

Me CHARLES PILLET, COMMISSAIRE-PRISEUR.	M. HARO, EXPERT.

1868

CATALOGUE

DES

TABLEAUX ANCIENS

DES DIFFÉRENTES ÉCOLES

*Formant la collection du Comte de L****

DONT LA VENTE AURA LIEU

HOTEL DROUOT, Salle N° 9

Le Mercredi 15 Avril 1868

A DEUX HEURES.

EXPOSITIONS { *PARTICULIÈRE* : le Lundi 13 Avril 1868,
PUBLIQUE : le Mardi 14 Avril 1868,

DE UNE HEURE A CINQ HEURES.

Me Charles PILLET
COMMISSAIRE-PRISEUR
rue de Choiseul, 11.

M. HARO, peintre-expert
CHEVALIER DE LA LÉGION D'HONNEUR
rue Visconti, 14.

CE CATALOGUE SE DISTRIBUE

A PARIS CHEZ

Me Charles PILLET	**M. HARO, peintre-expert**
COMMISSAIRE-PRISEUR	CHEVALIER DE LA LÉGION D'HONNEUR
11, rue de Choiseul.	14, rue Visconti et rue Bonaparte, 20.

A Londres,	H. Durlacher, 113, New-Bond street.
—	Goupil et Cie, Southampton street, Strand, 17.
A Bruxelles,	Étienne Leroy, place du Grand-Sablon, 33.
A Amsterdam,	Roos, in het Huis der Hoofden.
A Rotterdam,	A. Lamme, conservateur du Musée.
A Cologne,	Heberlé, marchand d'antiquités.
A Berlin,	Lepke, Unter den Linden, 12.
A Dresde,	Arnold, marchand d'estampes.
A Francfort-s.-Mein,	A. Baer, place Schiller, 3.
A Munich,	Meillinger, marchand de tableaux.
A Vienne,	Maison Goupil, représentant M. Kaeser.
A Saint-Pétersbourg,	Negri père et fils.

CONDITIONS DE LA VENTE

Elle sera faite au comptant.

Les adjudicataires payeront *cinq pour cent* en sus des enchères.

228. — Paris. Imp. Pillet fils aîné, rue des Grands-Augustins, 5.

Le goût actuel, la mobilité des galeries contemporaines, le mouvement incessant des salles de ventes; la nouveauté et surtout la réunion plus complète qu'ailleurs des amateurs et des curieux, toutes ces raisons déterminantes font qu'à Paris, en ce moment, et probablement pour longtemps encore, semblent se réunir toutes les collections qui doivent être vendues, et qui alors se donnent rendez-vous à l'hôtel Drouot.

En effet, nulle part on ne rencontre dans les amateurs autant d'électisme; si certaines modes, il faut bien l'avouer, exercent leur influence, il y a aussi, par contre, un grand nombre de collectionneurs qui achètent sans parti pris.

Le public a le plaisir de choisir et, s'il ne conserve pas aussi longtemps qu'autrefois pendu à son clou le tableau préféré, si la collection, à peine achevée est livrée de nouveau au feu des enchères, beaucoup au moins en profitent pour acquérir ce qu'ils désirent.

Quel plus bel ornement qu'un beau tableau et quelle plus belle décoration !

La réunion que nous sommes chargés de mettre en vente, outre le mérite intrinsèque de chaque œuvre, est tellement variée, que nous espérons qu'elle trouvera facilement place dans les élégantes habitations modernes

Un tableau capital, *la célèbre Madone* de Sebastien del Piombo, est venu s'ajouter à notre collection. Nous le recommandons spécialement à l'appréciation des amateurs.

HARO.

DÉSIGNATION

BACKHUYSEN

(LUDOLF)

1 — **Marine : Le Cap.**

Des navires hollandais doublent un cap.

Toile. Haut., 62 cent.; larg., 87 cent.

BEGA

(CORNELIS)

Né à Haarlem en 1620, mort en 1664; élève d'*Adrien van Ostade*.

2 — **Vue d'une vieille porte de village.**

Sous l'arcade de la porte on aperçoit des tentes, et plus

loin, une église. A gauche, devant une maisonnette, une femme parle à un enfant. Nombreux personnages.

Haut., 56 cent.; larg., 49 cent.

BERCKHEYDE

(GERRIT)

Né à Haarlem en 1645, mort en 1698.

3 — **Vue de l'ancien hôtel de ville, sur la place du Dam, à Amsterdam.**

On voit, au fond, l'église neuve. Perspective très-savante.

Signé, *J. Berck Heyde.*

Toile. Haut., 64 cent.; larg., 54 cent.

BOCKHORST

(JEAN VAN), dit LANGEN JAN (JEAN LE LONG)

Né à Münster, en Westphalie, vers 1610, mort à Anvers en 1668; élève de *Jordaens*. — En 1633, reçu franc-maître de la corporation de Saint-Luc, à Anvers.

4 — **Portrait d'homme.**

Debout, de face, à mi-corps, grandeur naturelle. De la main droite il tient un plateau sur lequel est un verre; la main gauche contre la hanche. Tête nue, calotte noire, cheveux grisonnants, moustache et barbiche, costume noir. — En haut est écrit : *Œtatis suæ* 76 A° 1657.

Superbe portrait qui rappelle à la fois Jordaens et Frans Hals.

Toile. Haut., 98 cent.; larg., 83 cent.

BREUGHEL

5 — **Saint Antoine.**

Signé, *Breughel*, 1615.

Bois. Haut., 42 cent.; larg., 33 cent.

BREUGHEL

6 — **L'Ermite.**

Pendant du précédent.

Bois. Haut., 42 cent.; larg., 33 cent.

CASANOVA

(F.)

Né à Londres en 1730, mort à Brühl en 1805.

7 — **Croates chargeant.**

Signé, à gauche, *Casanova*.

Cadre rond. 38 cent.

CASANOVA

(F.)

Né à Londres en 1730, mort à Brühl en 1805.

8 — **La Marche.**

Pendant du précédent.

Signé à gauche, daté 1771.

Cadre rond. 38 cent.

CRANACH

(LUCAS)

Né en 1472, mort en 1553.

9 — **Vénus et l'Amour.**

Oceani quondam spumis Venus orta ferebat
Nunc spumis Luca vino renata tuis.

Bois. Haut., 100 cent.; larg., 37 cent.

CRANACH

(LUCAS)

Né en 1472, mort en 1553.

10 — **Léda.**

Pendant du précédent.

Collection *Demidoff.*

Bois. Haut., 50 cent.; larg., 34 cent.

CRANACH

(LUCAS)

Né en 1472, mort en 1553.

11 — **Vénus et l'Amour.**

« Dum puer alveolo euratur milla cupido
« Furant digitum cuspite fixit apis.
« Sic etiam nobis brevis et peritura voluptas
« Quam petimus tristi mixta dolere nocet. »

Signé du *Dragon*. — Collection *Demidoff*.

Bois. Haut., 80 cent.; larg., 84 cent.

CUYP

(A.)

12 — **Portrait d'enfant : le prince d'Orange**

Collection du *duc de Modène*.

Signé, à droite, *A. Cuyp fecit*.

Bois. Haut., 40 cent.; larg., 30 cent.

DEFRANCE, de Liége

(Léonard)

(1735-1805)

13 — Le Militaire en permission.

Il est en grand costume, entouré d'une famille de paysans qui prêtent une grande attention au récit qu'il paraît leur faire.

Dans le fond, un jeune paysan, profitant de la préoccupation générale, lutine une servante montée sur une échelle.

Signé en bas, à droite.

Bois. Haut., 42 cent.; larg., 59 cent.

DUPLESSIS

(Joseph Sigfrède)

14 — Portrait d'homme.

Vu en buste.

Son habit de chasse est vert, galonné or.

Toile ovale. Haut., 71 cent.; larg., 57 cent.

DUPLESSIS

(M. H.)

15 — **Bagages et train d'artillerie.**

Bois. Haut., 17 cent.; larg., 21 cent.

DUPLESSIS

(M. H.)

16 — **Pendant du précédent.**

Bois. Haut., 17 cent.; larg., 21 cent.

?

(1732-1806)

17 — **20 mai 1793.**

La Convention est envahie ; les révolutionnaires apportent à Boissy-d'Anglas la tête de l'avocat Feraud.

Toile. Haut., 75 cent.; larg., 96 cent.

FYT

(JAN)

Né à Anvers en 1609, mort en 1661.

18 — **Gibier mort.**

Gardé par deux chiens, un chien d'arrêt blanc et orangé et un lévrier gris. Près d'un lièvre, d'un groupe de perdrix, d'une bécasse, sont les instruments de chasse, fusil, gibecière, corne à poudre, etc. Le paysage est attribué à J. Cossiau, mais Cossiau n'est pas de cette force-là.

Toile. Haut., 110 cent.; larg., 150 cent.

FÈVRE (LE)

(CLAUDE)

Né en 1633, mort en 1675.

19 — **Portrait d'homme.**

La tête, vue de trois quarts, tournée à droite; sa main relève son manteau; physionomie expressive; peinture énergique et de grand effet.

Toile. Haut., 71 cent.; larg., 58 cent.

GREUZE

(JEAN-BAPTISTE)

Né en 1725, mort en 1805.

20 — Portrait de jeune fille.

En buste, tournée vers la droite. Cheveux blonds; corsage rose, fichu en mousseline.

Peinture claire et fine.

Toile. Haut., 42 cent.; larg., 33 cent.

GREUZE

(JEAN-BAPTISTE)

21 — Tête de vieillard.

Représenté de trois quarts, la tête découverte. Cette étude, précieuse par le mérite de l'exécution, est celle qui a servi pour le tableau la *Malédiction paternelle.*

Elle a fait partie de la *Collection roy. de George III*, et elle a été donnée par lui au célèbre miniaturiste *Arlaud de Lausanne.*

En 1791, le même vieillard figure dans le *Paralytique* et dans l'*Accordée de village.*

Toile. Haut., 66 cent.; larg., 54 cent.

GREUZE

(JEAN - BAPTISTE)

22 — **Tête de petite fille.**

En buste, tournée vers la gauche; cheveux blonds; son fichu laisse sa poitrine découverte.

Signé et daté, *J. B. Greuze*, 1770.

Toile. Haut., 40 cent.; larg., 31 cent.

GRYEF

23 — **Paysage avec des pièces de gibier.**

Toile. Haut., 52 cent.; larg., 44 cent.

HAMILTON

(PHILIPPE-FERDINAND VAN)

Né à Bruxelles en 1664, mort à Vienne en 1750; fils de Jacques, venu d'Écosse.

24 — **Insectes et plantes.**

Serpent, lézard, colimaçons, chenilles, papillons, etc.

Haut., 40 cent., larg., 29 cent.

HALS

(DIRK)

25 — **La Liseuse.**

Jeune fille, assise près d'une table, et lisant sur un papier qu'elle tient déployé entre ses deux mains. Elle a une petite cornette à ailes dentelées, une pèlerine rabattue sur un caraco jaune chamois;

Signé du monogramme *DH*, et daté 1636.

Bois. Haut., 24 cent.; larg., 20 cent.

HEDA

(VILLEM CLAAS)

26 — **Le Vidrecome.**

Un grand vidrecome, mi-plein, posé sur une console, avec un plat en métal et une noix ouverte. Superbe har monie verdâtre.

Signé, *Heda,* 1630.

Bois. Haut., 36 cent.; larg., 31 cent

HEEM

(JAN DAVIDSZ DE)

Né à Utrecht en 1600, mort à Anvers en 1674; élève de son père David.

27 — **L'Ara et le Perroquet.**

Sur une table couverte d'un tapis rouge, grand vase en or ciselé, grande aiguière en argent ciselé, un plat d'huîtres avec des citrons; sur des assiettes d'argent, une grenade ouverte, des crevettes; une noix posée sur une salière d'argent. Panier de fruits, raisins, pêches, prunes, un melon, etc. Sous la table, un rafraîchissoir et des vases En avant, à droite, des coquillages, des figues, des branches d'oranger. En haut est perché un superbe ara, vers lequel se penche un perroquet gris. Pour fond, un rideau gris lilacé et une percée de ciel.

Peinture d'une magnificence superlative.

Signé, *J. D. de Heem f.* — Vente de Pommersfelden, n° 38.

Mentionné comme un chef-d'œuvre dans le catalogue de 1719; n° 307 du catalogue 1857.

Toile. Haut., 150 cent.; larg., 115 cent.

HOET

(GÉRARD)

28 — **Adoration des Bergers.**

Naissance de Jésus. Bergers, jeunes femmes, paysans, qui adorent le petit nouveau-né. En haut, gloires d'anges et de chérubins.

Signé, *G, Hoet.*

Cuivre. Haut., 77 cent.; larg., 66 cent.

HOET

(GERARD)

Né à Bommel en 1648, mort à La Haye en 1733; élève de W. van Rysen.

29 — **Adoration des Mages.**

Riche composition, avec grand nombre de figurines et des groupes d'anges voltigeant en l'air.

Signé à droite, en bas, *G. Hoet.*

Cuivre. Haut. 77 cent.; larg., 66 cent.

HONDECOETER

(MELCHIOR DE)

Né à Utreeht en 1636, mort en 1695 ; élève de son père Gijsbert de Hondecoeter et de Jan Baptist Weenix.

30 — **La Famille.**

La belle poule blanche est couchée, trois poussins autour d'elle. Entre ses plumes, sous son aile, apparaît la tête fauve d'un petit poussin Le superbe coq rouge et vert veille sur sa famille, et il éloigne du geste et de la voix un canard qui veut s'approcher. Au-dessus de la poule, un faisan est nonchalamment couché sur un socle de pierre. Plus loin, des paons et divers oiseaux près d'une pièce d'eau.

Signé, *M. d'Hondecoeter.*

Vente de Pommersfelden, n° 48 du Catalogue.

Toile. Haut., 98 cent.; larg., 115 cent.

HONDECOETER

(MELCHIOR DE)

31 — **Combat de Coqs.**

Un coq blanc est en arrêt devant un grand coq rouge à queue verte, qui vient l'attaquer. A droite, une poule grise; à gauche, une poule safran. En l'air vole un pigeon. Fond de parc.

Signé; *M. d'Honde Koeter*.

Vente de Pommersfelden, n° 45 au Catalogue.

Toile. Haut., 98 cent.; larg., 115 cent.

HOOCH

(PIETER DE)

32 — **Intérieur d'une maison hollandaise.**

Dans une antichambre pavée de dalles grises et oranges est ouverte une porte qui laisse voir au fond une pièce dallée de gris et de blanc, dans laquelle sont une table couverte d'un tapis citron et une chaise garnie d'étoffe de même couleur. Sur la table, un chandelier en argent et un livre. Au lambris pâle sont accrochés deux tableaux à bordure en ébène, l'un reproduisant le fameux tableau de Terburg, la *Robe de satin blanc*. A la porte de cette pièce, deux sandales et un petit chien. Contre la porte de l'antichambre, une petite fille assise, tenant sur son giron un chien.

Peinture prestigieuse et d'une conservation parfaite.

Signé, *P. D. H.*, 1658.

Catalogué dans Smith (n° 20 du Supplément), sous le titre *the Slippers* (les Sandales).

Toile. Haut., 103 cent.; larg., 70 cent.

HUYSUM

(JAN VAN)

Né à Amsterdam en 1682, mort en 1749; élève de son père Justus van Huysum.

33 — **Vase de Fleurs.**

Sur une console, dans une niche, est posé un vase autour duquel circulent des bas-reliefs d'enfants. Le vase est plein de fleurs, tulipes, jacinthes, pois à fleurs, roses rouges, blanches et jaunes, liserons, etc. Des insectes et des mouches vont boire aux gouttelettes d'eau tombées comme des diamants sur des pétales ou sur des feuilles. C'est frais et parfumé comme un bouquet qu'on vient de prendre au jardin.

Une des qualités de cette peinture exquise est la clarté des fonds alentour des fleurs.

Signé sur le socle, *Jan van Huysum fecit.*

Vente de Pommersfelden, n° 62 du Catalogue.

Bois. Haut., 90 cent.; larg., 71 cent.

KIERINEX

(G.)

34 — **Le Chêne. Sur la lisière d'une forêt, des cerfs et des biches Viennent se désaltérer.**

Tableau extraordinaire par sa finesse, ses lointains.

On croirait à l'œuvre d'un graveur. Les premiers plans sont dignes des Hacinlton.

Signé à gauche.

Bois. Haut., 105 cent.; larg., 121 cent.

?

35 — **L'Arracheur de dents.**

Toile. Haut., 74 cent., larg., 86 cent.

LINGELBACH

(JOHANN)

36 — **Chasse au faucon.**

Un chasseur à cheval, un autre chasseur assis et tenant par la bride son cheval blanc: un troisième chasseur monte sur un cheval isabelle. A gauche, le fauconnier, vu de dos, tenant ses faucons encapuchonnés. Fin paysage.

Signé en bas, à droite, *Lingelbach.*

Bois. Haut., 22 cent.; larg., 30 cent.

MAAS

(NICOLAS)

37 — **La Dentellière.**

La jeune ouvrière, assise et tenant sur ses genoux son métier à dentelles, travaille à sa porte. Près d'elle est assise une autre femme tenant contre son sein son petit enfant qui tète. Entre elles deux, dans l'ombre, le père est accoudé sur la demi-porte de la maison.

Peinture toute rembranesque : on sait combien sont rares les tableaux de Maas dans cette première manière.

Toile. Haut., 53 cent.; larg., 40 cent.

MASSIS

(QUENTIN)

Né à Anvers en 1460, mort en 1531.

38 — **Adoration du Christ.**

Le Christ mort, descendu de la croix, entouré des saintes femmes.

A figuré à l'Exposition rétrospective de 1866.

Bois. Haut., 56 cent.; larg., 44 cent.

MIEREVELT

(M.)

Né à Delft en 1568, mort en 1641.

39 — **Dame de qualité, tenant à la main son chasse-mouches.**

Signé et daté, *M. Mierevelt, 1629.*

Bois. Haut., 111 cent.; larg., 85 cent.

MIGNON

(ABRAHAM)

Né à Francfort en 1637, mort à Wedzlav en 1679, élève de *J. Moreels*, de Francfort, et de *David*, de Heem.

40 — **Le Plat de fruits.**

Sur une table couverte d'un tapis de velours vert à franges d'or, un grand plat de faïence contient des raisins avec des pommes, des framboises. un melon, du maïs. En avant, trois pêches, une montre, un citron, et, en arrière, un verre de Bohême. Au-dessus de la table, sur une console, un vidrecome dans lequel trempe un citron, une écrevisse sur une assiette d'argent, un couteau, un verre, etc. En avant de la table, sur un tabouret couvert de velours rouge, un vase en or et une grappe de raisin.

Magnifique qualité.

Signé en bas, à gauche, sur le pied de la table, *A. Mignon*.

Vente de Pommersfelden— N° 261 du Catalogue.

Toile. Haut., 97 cent.; larg., 77 cent.

MIGNON

(ABRAHAM)

41 — **Fruits et Fleurs.**

Une guirlande de fruits à droite, et de fleurs à gauche, encadre une ouverture de fenêtre par laquelle on aperçoit un fin paysage.

Exécution d'une extrême délicatesse.

Vente de Pommersfelden. — N° 266 du Catalogue.

Bois. Haut., 38 cent.; larg., 60 cent.

MILLET

(FRANCISQUE)

42 — **Paysage italien.**

Ruines avec figures.

Toile. Haut., 58 cent.; larg., 72 cent.

MONNOYER

(BAPTISTE)

43 — **Vase de Fleurs.**

Tableau décoratif.

Toile. Haut., 142 cent.; larg., 88 cent.

MOUCHERON

44 — **Paysage : une Attaque de grande route.**

Signé à gauche, *Moucheron.*

Toile. Haut., 78 cent.; larg., 104 cent.

MURILLO

(BARTHOLOME ESTEBAN)

45 — **Portrait d'un Théologien espagnol.**

Barbe noire, cheveux grisonnants, relevés sur le front. Physionomie ascétique, d'un caractère extrêmement profond. Une sorte de froc noir enveloppe le torse. A l'angle gauche du haut, dans un rayon de lumière, un triangle symbolisant sans doute la Trinité.

En buste, de grandeur naturelle.

Peinture de premier ordre.

Toile. Haut., 56 cent.; larg., 44 cent.

NEEFS

(PETER, le vieux)

Né à Anvers en 1570, mort en 1661 ; élève de *Hendrik Van Stenwyck*

46 — **Intérieur d'une église d'Anvers.**

Procession de figurines, par Frans Franck, le jeune. Signé, *Peeter Neefs.*

Toile. Haut., 46 cent.; larg., 62 cent.

NETSCHER

(CONSTANTIN)

47 — **Portrait d'homme.**

Signé, *C. Netscher fecit, 1765.*

Toile. Haut., 47 cent.; larg., 39 cent.

NETSCHER

(CONSTANTIN)

48 — **Portrait de femme.**

Pendant du précédent.

Signé, *C. Netscher.*

Toile. Haut., 47 cent.; larg., 39 cent.

OSTADE

(ADRIEN VAN)

49 — **Portrait de vieille femme.**

Elle est assise, les deux mains croisées sur le giron. Elle est coiffée d'un haut bonnet garni de fourrures. Casaquin brun verdâtre.

Signé, *A. v. Ostade*, 1645.

Bois. Haut., 26 cent.; larg., 20 cent.

PETFRS

(BONAVENTURE)

50 — **Une Galère et des Vaisseaux battus par la Tempête.**

Toile. Haut., 26 cent.; larg., 48 cent

PEGNIA

(L.)

51 — **Vue de Paris.**

Prise en face du collége des Quatre-Nations.

Fidèle reproduction de l'époque.

Signé, *Pegnia fecit.*

Haut., 65 cent.; larg., 97 cent.

PEGNIA

(L.)

52 — **Vue de Paris.**

Vue prise du quai Bourbon (île Saint-Louis), en face de l'église Saint-Gervais. De petites figures spirituellement touchées, des bateaux de foin qu'on décharge, etc., etc.

Haut., 64 cent.; larg., 96 cent.

PLATZER

(J. G.)

53 — **Stratonice.**

Composition remarquable par le sujet, le nombre des personnages et la finesse de l'exécution.

Cuivre. Haut., 36 cent.; larg., 52 cent.

PLATZER

(J. G.)

54 — **La Continence de Scipion.**

Pendant du précédent et mêmes qualités.

Cuivre. Haut., 36 cent.; larg., 52 cent.

SCHALCKEN

Né à Dordrecht en 1643, mort à La Haye en 1705.

55 — **La Chercheuse de puces.**

Bois. Haut., 26 cent.; larg., 21 cent.

SCHALCKEN

(GODFRIED)

56 — **La Lettre.**

Jeune fille tenant à la main une lettre qu'un vieillard montre avec reproches. Effet de lumière.

Signé, au bas, à gauche, *G. Schalcken.*

Bois. Haut., 25 cent.; larg., 21 cent.

SCHALCKEN

(GODFRIED)

57 — **La Faiseuse de bouquets.**

Jeune Hollandaise, coiffée d'un chapeau de paille orné de plumes, assise en un parc, accoudée sur la vasque d'une fontaine, et faisant un bouquet de fleurs. Par une percée du paysage, on aperçoit très-loin un couple d'amoureux, et tout à fait à l'horizon les monuments d'une ville.

Signé sur le pan de la vasque *G. Schalcken.*

Bois. Haut., 26 cent.; larg., 20 cent.

TENIERS

(DAVID)

58 — **Fruits.**

Signé, *D. Teniers.*

Bois. Haut., 49 cent.; larg., 39 cent.

THEOTOCOPULI

(dit LE GRECO)

(1548-1625)

59 — **Le Christ est conduit chez Pilate.**

Toile. Haut., 47 cent.; larg., 58 cent.

VAN DER NEER

(AART.)

Né en 1613, mort en 1684.

60 — **Effet de neige. Des patineurs s'exercent sur un canal bordé de maisons.**

Signé à gauche du monogramme.

Bois. Haut.' 38 cent.; larg., 56 cent.

VAN GOYEN

61 — **Vue de la Meuse.**

Signé, *V. G.*, 1643.

Bois. Haut., 55 cent.; larg., 82 cent.

VERNET

(JOSEPH)

62 — **Les Laveuses.**

Étude des environs de Tivoli.

Toile. Haut., 31 cent.; larg., 42 cent.

VERNET

(JOSEPH)

63 — **Le soir.**

Ce tableau est peint dans sa première manière qui rappelle Salvator Rosa, l'energie, la vigueur du pinceau dans le paysage, les roches, les animaux et les personnages en font, avec l'effet piquant du soleil couchant et la transparence des eaux, une des meilleurs toiles de ce maître si français et si estimé.

Signé à gauche, *Vernet*, 1749.

Toile. Haut., 0,45; larg., 0,60.

VERNET

(JOSEPH)

64 — **Paysage et Marine.**

Le côté gauche est peint dans la première manière du maître, alors qu'il essayait d'atteindre la vigueur de Salvator Rosa; le côté droit présente cette transparence si estimée des amateurs.

Signé et daté.

Toile. Haut., 00 cent.; larg., 00 cent.

VERSPRONCK

(JEAN)

Élève de Frans Hals.

65 — **Portait de femme.**

Signé et daté, *J. Verspronck,* 1635.

Conservation remarquable.

Toile. Haut., 128 cent.; larg., 95 cent.

VOUET

(SIMON)

Né en 1590, mort en 1649.

66 — **La Vierge et l'Enfant Jésus.**

Bois. Haut., 23 cent.; larg., 18 cent.

67 — Sous ce numéro, plusieurs tableaux seront vendus séparément.

LA CÉLÈBRE

MADONE

CHEF-D'ŒUVRE

DE SÉBASTIEN DEL PIOMBO

TABLEAU DE QUATRE FIGURES A MI-CORPS

Sur bois. — Haut., 1,25; larg., 0,92.

Qui a orné de 1530 à 1806 le cabinet du cardinal Farnèse et celui des rois d'Espagne

SERA MIS EN VENTE

HOTEL DROUOT, Salle N° 9

Le Mercredi 15 Avril 1868

EXPOSITIONS { *PARTICULIÈRE* : Le Lundi 13 Avril 1868. *PUBLIQUE* : Le Mardi 14 Avril 1868.

M° CHARLES PILLET
Commissaire-Priseur
11, rue de Choiseul.

M. HARO, peintre expert
Chevalier de la Légion d'honneur
14, rue Visconti.

NOTICE

Il y aurait témérité de notre part à tenter l'analyse du chef-d'œuvre que nous sommes chargé de soumettre aux enchères. Mais, en appelant la MADONE de SEBASTIEN DEL PIOMBO un chef-d'œuvre, nous avons du moins la certitude d'exprimer une vérité universellement reconnue dans le monde artistique. Le pinceau arrive parfois à des créations d'une perfection telle qu'on ne peut qu'admirer ses sublimes beautés. La Madone de Sébastien est depuis longtemps rangée parmi ces merveilles de l'art, et si nous nous abstenons d'en faire l'éloge, nous tenons du moins à rappeler les jugements formulés, au sujet de cette toile splendide, par MM. E. J. Delécluze et Ch. Blanc, dont personne, pensons-nous, ne contestera l'autorité et la compétence.

Un magnifique tableau, dit feu M. Delécluze *Journal des Débats*, 11 avril 1860), apporté de Tolède à Paris, déjà apprécié par tous les connaisseurs, représente la *Sainte Famille* et passe avec raison, au jugement des personnes compétentes, pour être de Sébastien del Piombo, l'ami de Michel-Ange, le rival de Raphaël. La Vierge, debout, tient un voile dont elle va couvrir l'Enfant Jésus qui vient de s'endormir. A droite est le petit saint Jean, et à gauche saint Joseph dont on ne voit que la tête.

Cette scène, si fréquemment et si admirablement reproduite par Raphaël et les grands artistes du XVIe siècle, est représentée dans le tableau de Sébastien del Piombo sous un aspect original. Les traits et l'expression de la Vierge, bien que gracieux, sont empreints de quelque chose de simple et d'un peu sauvage qui contraste avec l'admiration et la tendresse que la sainte Mère éprouve pour son divin Fils. La tête de saint Joseph porte le même caractère traditionnel que Raphaël a adopté dans la *Sainte Famille* de François Ier, et le jeune saint Jean est traité avec beaucoup de délicatesse.

Mais l'artiste semble avoir épuisé toutes les ressources de son art en peignant l'Enfant Jésus dormant. Finesse de dessin, de modelé, de coloris même et d'expression, tout y est réuni, et l'on trouve à la fois l'onctueux des peintures vénitiennes et la sévérité de l'école romaine. C'est un CHEF-D'ŒUVRE qui peut soutenir la comparaison avec ceux que possèdent déjà TOUS LES GRANDS MUSÉES DE L'EUROPE; et ce sera une perle de plus pour celui où sera placé ce bel ouvrage.

Voici actuellement comment s'exprime M. Ch. Blanc, dans la *Gazette des Beaux-Arts* (mai 1860).

Ce tableau, de la plus grande et de la plus éclatante beauté, est une peinture admirable, du plus haut style, et la Vierge porte dans sa désinvolture la trace évidente de l'intervention de Michel-Ange dont Sébastien del Piombo fut l'ami.

Les deux principales figures, la Vierge et l'Enfant, sont d'une telle beauté qu'elles ne seraient pas désavouées par les plus grands maîtres. Les madones de Raphaël sont douces et délicates, attristées par un pressentiment vague et naturellement gracieuses : celle-ci est robuste et fière, plutôt sérieuse que triste, et d'une grâce souveraine. Son mouvement contrasté rappelle les tournures de Michel-Ange.

Quant à l'exécution, elle est mâle et suave tout ensemble, ferme comme un Giorgion, effumée comme un Luini.

La figure de l'Enfant Jésus est adorable de naturel, de grâce et d'abandon, et traitée de ce pinceau tendre et nourri que les Italiens appellent savoureux (*saporito*); le modelé est plein de rondeur, et on peut citer comme un chef-d'œuvre dans l'art de peindre, le bras gauche, la poitrine et le ventre de l'Enfant.

Vasari dit formellement, dans son *Histoire de la vie des peintres,* en décrivant les œuvres de Sébastien del Piombo : « In uno quadro fece una nostra Dona, che con « un panno cuopre un putto che fu causa rara, e l'ha oggi nelle sua garda roba il « cardinal Farnese.» (Il peignit une madone couvrant l'Enfant Jésus d'une draperie; peinture d'une beauté rare, qui se trouve aujourd'hui dans le cabinet du cardinal Farnèse.)

Il existe à Naples un tableau semblable, malheureusement il n'y a de fini que les têtes; le reste n'est qu'ébauché, et ce n'est certes pas d'une ébauche qu'a entendu parler Vasari.

Il est donc certain que la superbe et irréprochable peinture que nous venons de décrire est bien celle possédée par le cardinal Farnèse, et que Sébastien, véritable épicurien qui menait joyeuse vie, ennuyé très-probablement de se copier lui-même, n'eut pas la patience d'aller jusqu'au bout, et d'achever celle qui se trouve au Musée Bourbon à Naples.

Après ces appréciations de deux hommes compétents, nous avons pensé qu'il n'était pas inutile d'ajouter ici et d'indiquer brièvement la filière qu'a, jusqu'à ce jour, suivie le chef-d'œuvre de Sébastien del Piombo, depuis sa constatation par Vasari dans le cabinet du cardinal Farnèse. Nous avons dû, à cet effet, nous livrer à quelques recherches à la Bibliothèque impériale, recherches qui ont été couronnées de succès.

A la mort du cardinal Farnèse, sa sœur Élisabeth — reine d'Espagne par suite de son mariage avec Philippe V — hérita de son frère, et la *Madone* de Sébastien passa, en 1714, à la maison régnante d'Espagne et demeura dans le cabinet du roi jusqu'en 1806, époque à laquelle, et lors de la chute du prince de la Paix, il fut, avec autorisation de la Junte suprême de Madrid, acquis par M. Gordon Coesvelt's et passa dans sa galerie en Angleterre. — Voir ces détails à la Bibliothèque impériale (Estampes), dans l'ouvrage intitulé : « W. G. Coesvelt's esquire galerie of pictures, London. » (Galerie de Peinture de M. G. Coesvelt's à Londres.)

Lors de la mort de M. Gordon Coesvelt's, son héritier, le marquis Ulagares, qui avait épousé sa fille, emporta le tableau à Tolède (Espagne), où, en 1860, l'acquisition en fut faite par un amateur qui l'apporta en France et que son départ de Paris force aujourd'hui à s'en séparer.

M. Ingres, dont nous sommes heureux de citer ici l'opinion, disait qu'il considérait cette peinture de Sébastien del Piombo comme un des ouvrages les plus remarquables et les plus rarees du maître, et dont la véritable place serait dans un Musée.

HARO.

NOTA. — *Cette notice servira de carte d'entrée pour l'Exposition particulière du lundi 13 avril, qui aura lieu à l'Hôtel Drouot, salle nº 9.*

Paris. — Imp. de A. PILLET fils aîné, rue des Grands-Augustins, 5.

www.ingramcontent.com/pod-product-compliance
Ingram Content Group UK Ltd.
Pitfield, Milton Keynes, MK11 3LW, UK
UKHW020511180726
13839UKWH00005B/2009

9 782329 458298